MAMÁ THE ALIEN
MAMÁ LA EXTRATERRESTRE

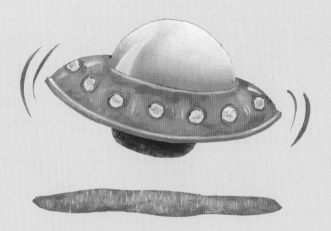

story / cuento **René Colato Laínez**

illustrations / ilustraciones **Laura Lacámara**

Children's Book Press, *an imprint of* Lee & Low Books Inc.
New York

una extraterrestre (OON-ah eks-trah-teh-REHS-treh): an alien;
    an imaginary creature from somewhere other than planet Earth
mamá (muh-MAH): mom, mama
papá (puh-PAH): dad, papa
sí (see): yes
Sofía (soh-FEE-ah): female name

Children's Book Press, an imprint of LEE & LOW BOOKS INC., 95 Madison Avenue,
New York, NY 10016. leeandlow.com

Spanish translation by René Colato Laínez
Art direction and book design by Christy Hale
Book production by The Kids at Our House
The text is set in Goudy Sans and Agenda
The illustrations are rendered in acrylic and collage

Manufactured in China by Jade Productions
Printed on paper from responsible sources
10 9 8 7 6 5
First Edition

Library of Congress Cataloging-in-Publication Data
Names: Colato Laínez, René | Lacámara, Laura, illustrator.
Title: Mamá the alien / story, René Colato Laínez ; illustrations, Laura Lacámara ; Spanish
translation by René Colato Laínez = Mamá la extraterrestre / cuento, René Colato Laínez ;
ilustraciones, Laura Lacámara.
Other titles: Mamá la extraterrestre
Description: First edition. | New York : Children's Book Press, an imprint of Lee & Low Books
Inc., [2016] | Summary: "A young girl misunderstands the word *alien* on her mother's Resident
Alien Card and lets her imagination run wild, coming to the conclusion that her mother is
from outer space. Includes author's note and glossary"— Provided by publisher.
Identifiers: LCCN 2015024643 | ISBN 9780892392988 (hardcover : alk. paper)
Subjects: | CYAC: Immigrants—Fiction. | Citizenship—Fiction. | Hispanic Americans—
Fiction. | Spanish language materials—Bilingual.
Classification: LCC PZ73 .C5735 2016 | DDC [E]—dc23
LC record available at http://lccn.loc.gov/2015024643

To Mara Price, thanks for being a fantastic friend

Para Mara Price, gracias por ser una amiga fantástica

—R.C.L.

To my dad, who showed me it was possible to be a working artist

Para mi papá, que me demostró que se podía vivir trabajando como artista

—L.L.

Last Saturday I discovered a BIG secret. It was hidden in Mamá's purse.

I was in the backyard playing basketball when my ball bounced through the open kitchen door. *BUMP!* Mamá's purse fell to the floor. Her keys, wallet, and a card spilled out.

The card had Mamá's name on it. I read the big blue word at the top: ALIEN.

I could not believe it. Mamá was an alien—*¡una extraterrestre!*

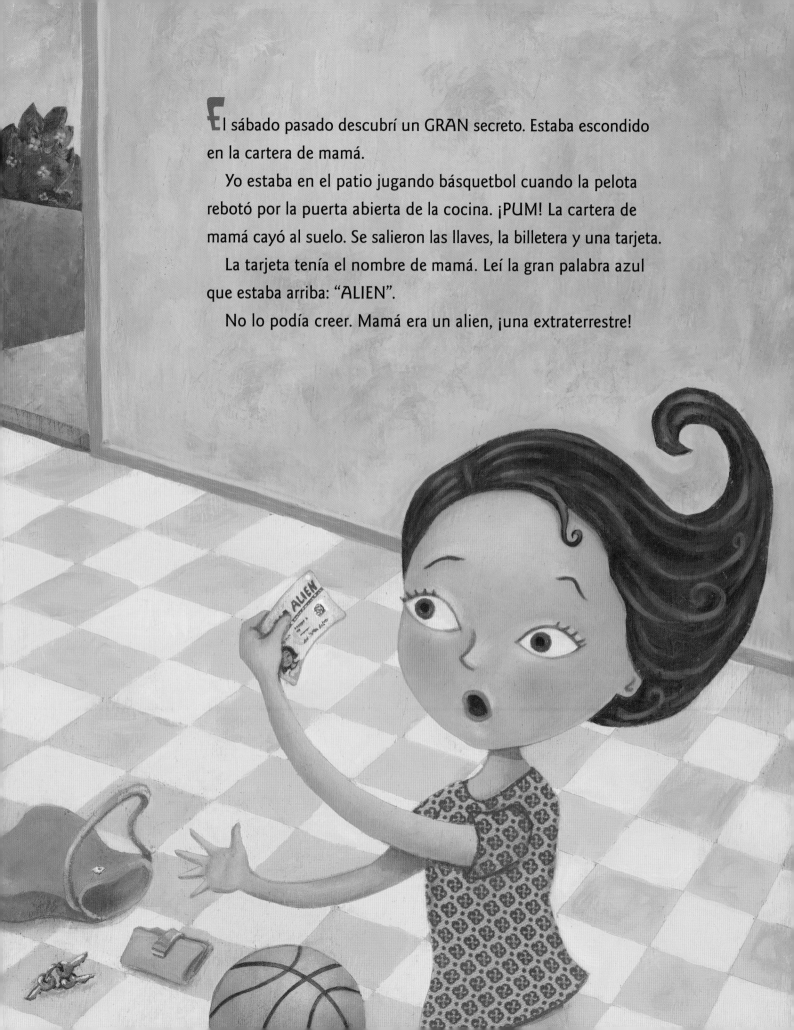

El sábado pasado descubrí un GRAN secreto. Estaba escondido en la cartera de mamá.

Yo estaba en el patio jugando básquetbol cuando la pelota rebotó por la puerta abierta de la cocina. ¡PUM! La cartera de mamá cayó al suelo. Se salieron las llaves, la billetera y una tarjeta.

La tarjeta tenía el nombre de mamá. Leí la gran palabra azul que estaba arriba: "ALIEN".

No lo podía creer. Mamá era un alien, ¡una extraterrestre!

Mamá came into the kitchen, followed by Papá.

"Sofía, what was that noise?" Mamá asked.

"Your purse fell down," I said, and handed her the card. "Is this a real card?"

"Of course it's real," Mamá said. "See my picture?"

My mouth dropped open.

Mamá entró a la cocina y Papá venía detrás ella.

—¿Qué fue ese ruido Sofía?—preguntó mamá.

—Tu cartera se cayó —le dije y le di la tarjeta—. ¿Es esta una tarjeta verdadera?

—Claro que es verdadera —dijo mamá—. ¿Ves mi foto?

Me quedé con la boca abierta.

"Your mamá was so happy when she got that card many years ago," Papá said. "She jumped up and down for a long time."

"*Sí*," Mamá said. "When I came to the United States, my dream was to get this card. I don't need it anymore, but I keep it with me for good luck."

"I have a dream too," I said. "I want to be a basketball player—or sing in a band."

"That's wonderful, Sofía," Mamá said, and gave me a hug. Then she put the card in her purse and headed to her bedroom.

—Tu mamá estaba muy feliz cuando recibió esa tarjeta hace muchos años —dijo papá—. Estuvo saltando de alegría un buen rato.

—Sí —dijo mamá—. Cuando llegué a los Estados Unidos, mi sueño era obtener esta tarjeta. Ya no la necesito, pero la llevo conmigo para la buena suerte.

—Yo también tengo un sueño —dije—. Quiero ser jugadora de básquetbol o cantar en una banda.

—Eso es maravilloso, Sofía —dijo mamá y me dio un abrazo. Luego puso la tarjeta en su cartera y se fue a su recámara.

"Papá, do you have a card too?" I asked.

"No, I don't have a card like Mamá's because I was born here," Papá said. He picked up the car keys. "I'm going to the gym for a workout. Be careful with that basketball, Mamá's Twin."

Papá called me Mamá's Twin because he says we look exactly alike—like two peas in a pod.

If I am Mamá's twin, did that mean . . . I'm an alien too!?

—¿Papá, tú también tienes una tarjeta? —pregunté.

—No, yo no tengo una tarjeta como mamá porque nací aquí —dijo papá y agarró las llaves del auto—. Voy al gimnasio a hacer ejercicio. Ten cuidado con esa pelota de básquetbol, Gemela de Mamá.

Papá me llama Gemela de Mamá porque dice que somos idénticas como dos gotas de agua.

¿Si yo soy la gemela de mamá, significa eso que... ¡yo soy también una extraterrestre!?

It was fun to play pretend. I liked to pretend to shoot my ball like the best basketball players and sing like my favorite bands.

But Mamá was not pretending. She really was an alien from outer space. I wondered if she knew other aliens. What language did she speak with them? Did Mamá know three languages: English, Spanish, and Alien?

I needed to do some research.

Era divertido jugar a imaginar. Me gustaba imaginar que lanzaba la pelota como los mejores jugadores de básquetbol y cantaba como mis bandas favoritas.

Pero mamá no estaba imaginando. Ella era una extraterrestre del espacio. Me preguntaba si ella conocía a otros extraterrestres. ¿En qué idioma hablarían? ¿Sabía mamá tres idiomas: inglés, español y extraterrestre?

Tenía que investigar.

In the afternoon I went to the library. None of the books was sure what language aliens spoke. But I found out that some aliens were small and some were tall. Some had only four fingers on each hand and some had large round eyes. Their skin could be gray or blue or green. Some aliens had antennas.

Wow! Mamá did a great job hiding her alien looks. She had the face and hands of a normal human mother. Maybe she had been granted special permission to look like a human instead of an alien.

Por la tarde, fui a la biblioteca. Ninguno de los libros decía con seguridad qué idioma hablaban los extraterrestres. Pero descubrí que algunos extraterrestres eran pequeños y otros eran altos. Algunos solo tenían cuatro dedos en cada mano y otros tenían grandes ojos redondos. Su piel podía ser gris o azul o verde. Algunos extraterrestres tenían antenas.

¡Guau! Mamá era excelente escondiendo su apariencia de extraterrestre. Ella tenía la cara y manos de una madre humana normal. Quizás a ella le habían concedido un permiso especial para lucir como una humana en vez de una extraterrestre.

I wondered if at night, after I was asleep, Mamá transformed back to looking like an alien. Did some of her alien friends from another planet park a flying saucer in our backyard? Did they visit with Mamá in our house or take her on rides to see aliens on other planets?

I had to watch out for strange things in our yard. And I had to remember to keep my basketball in my room. Otherwise the aliens might borrow it to play an outer space game.

Me preguntaba si por la noche, cuando yo estaba ya dormida, mamá se transformaba para lucir como una extraterrestre. ¿Estacionarían algunos de sus amigos extraterrestres un platillo volador en nuestro patio? ¿Visitarían a mamá en nuestra casa o se la llevarían de paseo a ver extraterrestres en otros planetas?

Tenía que tener cuidado con cosas extrañas que aparecieran en nuestro patio. Y tenía que acordarme de guardar la pelota de básquetbol en mi cuarto. De lo contrario, los extraterrestres podrían llevársela prestada para jugar un juego espacial.

I started to put the puzzle together. Mamá was an alien.
Papá didn't have a card, so he was not an alien. That meant
I was half alien.

I looked like a human girl, so my alien parts were hidden.
But I needed to find out which half of me was alien. Could
I be alien from my head to my belly button? Or from my belly
button to my feet? Could I be alien only on my right side or
only on my left side?

I would do more research tomorrow.

Comencé a armar el rompecabezas. Mamá era una
extraterrestre. Papá no tenía una tarjeta, por eso no
era un extraterrestre. Eso significaba que yo era mitad
extraterrestre.

Yo lucía como una niña humana normal, así que mis
partes extraterrestres estaban escondidas. Pero tenía que
descubrir qué parte de mí era extraterrestre. ¿Podría ser
extraterrestre de la cabeza al ombligo? ¿O del ombligo a
los pies? ¿Podría ser extraterrestre solo mi lado derecho
o solo mi lado izquierdo?

Tenía que seguir investigando al día siguiente.

After I got into bed that night I overheard Mamá and Papá talking.

"The ceremony is in two days," Mamá said. "I need to get something from the kitchen to help me prepare for my transformation. You will not recognize me on my big day!"

I was sleepy, but I had to see what was going on. I opened my door and tiptoed to the kitchen.

Después de meterme en la cama esa noche, escuché a mamá y a papá platicando.

—La ceremonia es en dos días —dijo mamá—. Tengo que agarrar algo de la cocina para prepararme para mi transformación. ¡No me reconocerás en mi gran día!

Yo tenía sueño pero tenía que ver lo que estaba pasando. Abrí la puerta y caminé de puntillas hasta la cocina.

I saw Mamá's shadow on the wall. She stretched out her arms. Her body was long and thin, and she did not have any legs. There were bumps on her head.

I took a deep breath. My hands were trembling, but I found the courage to switch on the light.

Miré la sombra de mamá en la pared. Estiró los
brazos. Su cuerpo era largo, delgado y no tenía piernas.
Había bultos en su cabeza.

Respiré profundo. Mis manos temblaban pero me armé
de valor y encendí la luz.

"*Ahhhhhh!*" I screamed. Mamá jumped and screamed too.
Mamá had curlers all over her head. Her face was green, and
she was wearing a long bathrobe. She was holding a cucumber.
"Mamá—you're an alien!" I cried.

—¡Aaaaaay! —grité. Mamá saltó y gritó también.
Tenía tubos por toda la cabeza. Su cara estaba verde y vestía
una bata de baño larga. También tenía un pepino en la mano.
—¡Mamá, eres una extraterrestre! —grité.

Papá ran into the kitchen. "What's going on here?" he asked.

"It's Mamá," I said. "She's an alien! From outer space! I saw it on her card."

"Sofía, I'm not from outer space," Mamá said. "What you saw was my old Resident Alien card. That card allowed me to live and work here in the United States."

"Oh, no! *Alien* is one of those words that has more than one meaning in English," I said. "So . . . an alien is someone from another planet—or someone from another country. Just like you, Mamá!"

Papá corrió a la cocina.

—¿Qué está pasando aquí? —preguntó.

—Es mamá —dije—. ¡Es una extraterrestre! ¡Del espacio! Lo vi en su tarjeta.

—Sofía, yo no soy del espacio —dijo mamá—. Lo que viste fue mi vieja tarjeta de residencia. Esa tarjeta me dio permiso para vivir y trabajar en los Estados Unidos.

—¡Ay, no! "Alien" es una de esas palabras que tienen más de un significado en inglés —dije—. Entonces... un "alien" es alguien de otro planeta o alguien de otro país. ¡Así como tú, mamá!

Papá brought Mamá's purse from the bedroom. Mamá pulled out a card that said PERMANENT RESIDENT at the top.

"This is what I have now," Mamá said. "The government changed the name of the card, so when I renewed my Resident Alien card, I got this one instead."

"Mamá, I'm glad you're not an alien anymore," I said.

"And soon I won't need my Permanent Resident card," Mamá said. "In two days I will become a citizen. That's why I'm doing this beauty treatment. I want to look my best for the ceremony."

Papá trajo la cartera de mamá de la recámara. Mamá sacó una tarjeta que decía arriba PERMANENT RESIDENT.

—Esto es lo que tengo ahora —dijo mamá—. El gobierno cambió el nombre de la tarjeta y cuando renové mi tarjeta de *Resident Alien* en vez de esa me dieron esta tarjeta.

—Mamá, me alegra que ya no seas una extraterrestre —dije.

—Y pronto ya no necesitaré mi tarjeta de residencia permanente —dijo mamá—. En dos días me haré ciudadana. Es por eso que me estoy dando este tratamiento de belleza. Quiero estar lo más bella que pueda para la ceremonia.

On Monday morning Papá drove us to a big building. Inside there were many people holding little United States flags. They listened to a man speaking from the stage and then everyone said the Pledge of Allegiance. Mamá waved her flag.

"I am now a citizen of the United States of America!" Mamá shouted when the ceremony was over.

Papá and I gave her a big hug.

"Now let's celebrate!" I said, and I handed Mamá my special present.

El lunes por la mañana, papá nos llevó en el auto a un edificio muy grande. Adentro había muchas personas que sostenían pequeñas banderas de los Estados Unidos. Escuchaban a un hombre que hablaba desde una plataforma y luego todos dijeron el Juramento a la Bandera. Mamá ondeó su bandera.

—¡Ahora soy una ciudadana de los Estados Unidos de América! —exclamó mamá cuando la ceremonia terminó.

Papá y yo le dimos un gran abrazo.

—¡Ahora celebremos! —dije y le di a mamá mi regalo especial.

Author's Note

When I arrived in the United States from El Salvador in 1985, I became an immigrant, and my dream was to have a card that allowed me to live and work here. That card was called a green card because when it was introduced in 1946 as the Alien Registration Receipt, it was actually green. In 1977 the card was renamed the Resident Alien card.

The first person in my family to receive a Resident Alien card was my mother. In 1995 I received my card. But the card was no longer green. It was pink. In 2002, when I became a United States citizen, I exchanged my card for a Citizenship Certificate.

Since 1997 the card has been called a Permanent Resident card. It is mostly white, with a green band across the top. The card has to be renewed every ten years.

The term *alien* is used in the US media to refer to a resident who was born in another country. Every year thousands of people from other countries come to live in the United States. In many cases one or more members of a family may be immigrants, while other members are natural-born citizens or naturalized citizens.

In this story I introduce the concepts of immigration and citizenship. I want readers to know that immigrants may be referred to as aliens, but this only means they come from other countries. We are all citizens of planet Earth.

Nota del Autor

En 1985, cuando llegué a los Estados Unidos desde El Salvador, me convertí en un inmigrante y mi sueño era tener una tarjeta que me permitiera vivir y trabajar aquí. A esa tarjeta se la llamaba "tarjeta verde" porque cuando fue presentada en 1946 como "Alien Registration Receipt" era efectivamente verde. En 1977, la tarjeta fue rebautizada como "Resident Alien card".

La primera persona en mi familia que recibió una tarjeta de "Resident Alien" fue mi mamá. En 1995, yo recibí la mía. Pero la tarjeta ya no era verde. Era rosada. En 2002, cuando me hice ciudadano de los Estados Unidos, cambié mi tarjeta por un certificado de ciudadanía.

Desde 1997 la tarjeta se llama "Permanent Resident card". Es casi toda blanca con una franja verde en la parte de arriba. La tarjeta tiene que ser renovada cada diez años.

El término "alien" es usado en los medios de comunicación de los Estados Unidos para referirse a un residente que nació en otro país. Cada año, miles de personas de otros países vienen a vivir a los Estados Unidos. En muchos casos, uno o más miembros de una familia pueden ser inmigrantes, mientras que otros miembros son ciudadanos nacidos en los Estados Unidos o ciudadanos naturalizados.

En este cuento, presento los conceptos de inmigración y ciudadanía. Quiero que los lectores sepan que los inmigrantes pueden ser llamados "aliens", pero esto solo significa que vienen de otros países. Todos somos ciudadanos del planeta Tierra.